시즌2

이해력이 쑥쑥
교과서
고사성어 사자성어
100

호시탐탐, 팔방미인, 종횡무진…

분명 어디선가 자주 읽어 보거나 들어 본 말일 거야. 맞아, 우리가 '사자성어' 혹은 '고사성어'라고 부르는 말들이지. 재미있게 읽는 동화, 텔레비전 뉴스나 신문, 부모님과의 대화, 학교 수업에서도 불쑥불쑥 들려오는 말들 말이야.

그럴 때마다 '어? 이건 무슨 뜻이지?' 하고 의문이 생길 거야. 고사성어는 한자로 된 데다, 한자 그대로의 뜻과 다른 경우도 무척 많지.

그래서 우리는 고사성어를 어렵다고 생각하곤 해. 하지만 꼭 그렇지만은 않아. 고사성어가 만들어진 뒷이야기와 역사를 알아 가는 재미가 있고, 비유적이고 함축적인 표현 속에서 조상들의 지혜를 배우는 재미도 쏠쏠하거든.

물론 제대로 사용하기 위해서는 많은 예문과 상황들을 생각해 봐야 해. 맞아! 바로 이 책이 그런 용도로 쓰인 책이야.

ㄴ

책장을 열면 고사성어와 한자의 음과 뜻을 확인할 수 있어. 이제 막 한자 공부를 시작한 친구라면 한자와 뜻을 직접 따라 써 보는 것도 추천해.

'무슨 뜻일까?'에서는 고사성어 속 비유를 풀어서 오늘날 흔히 사용되는 뜻을 중심으로 친구들이 쉽게 이해할 수 있도록 설명했어.

'이렇게 사용해'에서는 문장 속에서 고사성어를 어떻게 사용하는지를 설명했어. 고사성어의 뜻을 알고, 글이나 이야기 속에 적절히 사용하여 글짓기나 발표에도 도움이 되도록 말이야.

'비슷한 말이 있어!'는 비슷한 뜻을 가진 고사성어, 낱말들을 통해 어휘력을 높이는 데 도움을 주지. 두둑한 어휘력이 자랑거리가 되도록 말이야. 마지막으로 만화에서는 실제 생활에서 고사성어를 어떻게 사용하는지 재미있는 이야기로 보여 주고 있어.

그리고 각 장마다 고사성어를 활용할 수 있는 교과서 단원을 꼽아 봤어. 교과 학습에도 도움이 되고, 고사성어를 익히는 데도 도움이 되도록 말이야.

'말'은 언제나 변해서 신기해, 새로 생기기도 하고 없어지기도 하지. 고사성어나 사자성어가 오랜 시간 동안 사람들의 입에 오르내리고 있다는 건, 그만큼 보물 같은 가치를 지닌 말이란 뜻이지.

작은 노력으로도 보물을 얻을 수 있다는데, 어서 말의 보물을 차지하러 여행을 떠나 보면 어떨까? 가 보자! 이 책과 함께!

차례

가정맹어호

苛	政	猛	於	虎
가혹할 가	정사 정	사나울 맹	어조사 어	호랑이 호

5-2 역사 단원 관련

 무슨 뜻일까?

가혹한 정치는 호랑이보다 사납다, 호랑이보다 더 무섭다는 뜻을 가진 낱말입니다. 맹수 중의 맹수인 호랑이보다 더 무서운 정치라니, 백성들이 얼마나 힘들지 상상이 되네요.

 이렇게 사용해

우리나라 역사에는 가정맹어호라는 말이 떠돌 만한 시기가 몇 번 있었는데 그때마다 고통받는 백성들이 민란을 일으키곤 했다.

 비슷한 말이 있어!

가렴주구(苛斂誅求), 주구무이(誅求無已),
횡정가렴(橫征苛斂)

12

2

각골난망

刻	骨	難	忘
새길 각	뼈 골	어려울 난	잊을 망

무슨 뜻일까?

'뼈에 새겨 잊기 어렵다'는 뜻입니다. 뼈에 새겨서라도 잊을 수 없는 것이
무엇일까요? 그것은 바로 다른 사람에게서 받은 은혜, 보살핌 등을 말하
지요. 즉 고마운 은혜를 절대 잊지 않겠다는 뜻으로 사용합니다.

이렇게 사용해

굶주린 저희에게 곡식을 나누어 주신 은혜, **각골난망**입니다.

비슷한 말이 있어!

결초보은(結草報恩), 각골명심(刻骨銘心)

14

3 감개무량

感	慨	無	量
느낄 **감**	슬퍼할 **개** (분개할)	없을 **무**	헤아릴 **량** (양)

4-2 국어 8단원 감동을 나누며 읽어요

 **무슨 뜻일까?**

'감개'는 잘 사용하지 않는 말이지만, 사전에서 그 뜻을 살펴보면 '어떤 감동이나 느낌이 마음 깊은 곳에서 배어 나옴'이라고 되어 있어요. 그래서 감개무량은 마음 깊은 곳의 느낌이나 감동이 헤아릴 수 없을 만큼 크다는 뜻이지요.

 **이렇게 사용해**

몇십 년 만에 다시 찾은 고향에 아직도 나를 반겨 주는 사람이 있다는 것이 감개무량했습니다.

 **비슷한 말이 있어!**

감개읍하(感慨泣下)

감지덕지

感	之	德	之
느낄 감	갈 지	덕 덕	갈 지

 무슨 뜻일까?

'덕(德)'은 고맙게 생각하다는 뜻으로 사용되기도 해요. 그래서 감지덕지는 분에 넘쳐 매우 고맙게 여기는 모양이라는 뜻이지요. 즉 본인이 한 행동이나 말보다 더 큰 은혜나 혜택을 받아 고맙게 여기는 것을 말해요.

 이렇게 사용해

이 날씨에 추위를 피할 수 있다는 것만 해도 감지덕지 아닌가요?

 비슷한 말이 있어!

고두사은(叩頭謝恩)

18

5 감탄고토

甘	呑	苦	吐
달 감	삼킬 탄	쓸 고	토할 토

 무슨 뜻일까?

달면 삼키고 쓰면 뱉는다는 뜻이에요. 어떤 음식을 먹을 때 자신의 입맛에 맞으면 먹고 아니면 뱉는 것처럼 어떤 일이나 생각에 대해 자신의 뜻과 맞으면 좋아하고 그렇지 않으면 싫어한다는 뜻이지요. 또 자신에게 이로우면 이용하고 그렇지 않으면 버리는 것을 뜻하기도 해요.

 이렇게 사용해

자신의 이익에 따라 그때는 맞고 지금은 틀리다고 하는 감탄고토의 자세는 문제가 많아.

 비슷한 말이 있어!

염량세태(炎凉世態)

갑론을박

甲	論	乙	駁
첫째 천간 갑	논의할 론	둘째 천간 을	논박할 박

5-1 국어 5단원 글쓴이의 주장
5-2 국어 6단원 타당성을 생각하며 토론해요
6-1 국어 4단원 주장과 근거를 판단해요

 무슨 뜻일까?

갑과 을은 우리나라에서 해(년)를 일컬을 때 사용하던 천간의 첫 번째와 두 번째 글자예요. 여기에서는 아무개 씨 혹은 A군, B양과 같은 의미로 사용돼요. 그래서 갑론을박은 한 사람이 의견을 내세우면 다른 사람이 의견을 반박하는 모습을 나타낸 말이에요.

 이렇게 사용해

사건이 마무리되자 뒷수습에 대한 갑론을박이 이어졌다.

 비슷한 말이 있어!

말다툼, 논쟁(論爭), 언쟁(言爭)

7 건곤일척

乾	坤	一	擲
하늘 건	땅 곤	한 일	던질 척

 무슨 뜻일까?

하늘과 땅을 걸고 한번 던져 본다는 뜻으로, 결과를 예측할 수 없지만 자신의 모든 운명을 한 번의 싸움으로 결정 짓는 것을 일컫는 말이에요. 운명을 건 한판 승부라는 뜻으로 사용되지요.

 이렇게 사용해

고등학교 야구 결승전 그 **건곤일척**의 승부의 막이 올랐다.

 비슷한 말이 있어!

단판걸이, 단판싸움, 일척건곤(一擲乾坤),
일결자웅(一決雌雄), 일결승부(一決勝負)

아빠, 나당 전쟁이 뭐에요?

고구려와 백제의 멸망 후 당나라가 신라를 넘보아 일어난 전쟁이야.

누가 이겼어요?

신라와 당이 엎치락뒤치락하다가 지금의 경기도 지역 매소성에서 신라군과 당나라군은 건곤일척의 대접전을 벌이지.

그래서요?

야옹~

신라군이 승리했지.

그럼 전쟁이 끝난 것인가요?

이듬해 기벌포 해전에서 신라가 승리하면서 드디어 통일 신라 시대가 열렸어. 김유신 장군의 둘째 아들 원술랑 이야기의 배경도 바로 나당 전쟁이야.

역사 시간에 열심히 살펴봐야겠어요.

오, 그건 몰랐 네요.

8

격 세 지 감

隔	世	之	感
사이 뜰 **격**	세상 **세**	어조사 **지**	느낄 **감**

3-2 사회 2단원 시대마다 다른 삶의 모습

 무슨 뜻일까?

세월을 건너뛴 느낌이라는 뜻이에요. 세상은 차근차근 변해 가는데, 세상이 갑자기 변해서 그사이 어딘가를 건너뛴 느낌이라는 거지. 즉 짧은 시간 동안 몰라보게 변했거나, 변화가 많아서 다른 세상이 된 것 같은 느낌을 말하는 낱말이에요.

 이렇게 사용해

6.25 전쟁이 끝나고 다시 방문한 그의 눈에 비친 서울의 모습은 **격세지감**을 느끼기에 충분하였다.

 비슷한 말이 있어!

격세감(隔世感), 금석지감(今昔之感)

견강부회

牽	强	附	會
끌 견	굳셀 강	붙을 부	모을 회

5-2 국어 6단원 타당성을 생각하며 토론해요
6-1 국어 4단원 주장과 근거를 판단해요
6-2 국어 3단원 타당한 근거로 글을 써요

 무슨 뜻일까?

흔히 '말도 안 되는 소리 하지 마라'는 말을 하곤 하죠? 억지 주장이나 이치에 맞지 않는 말을 할 때 사용하는 말이랍니다. 이치에 맞지 않은 말을 억지로 자기에게 유리하게 사용할 때 하는 말이지요.

 이렇게 사용해

토론에서 이기기 위해 **견강부회**식 주장을 펼쳤지만, 그의 의견은 사람들의 동의를 얻어내기에는 역부족이었다.

 비슷한 말이 있어!

아전인수(我田引水), 부회(附會),
영서연설(郢書燕說), 수석침류(漱石枕流)

28

犬	馬	之	勞
개 견	말 마	갈 지	힘쓸 로

 무슨 뜻일까?

한자어 그대로 해석하면 개와 말의 노력, 수고 정도의 뜻으로 해석되는
말이지만, 실제로는 주인이나 나라를 위해 충성을 다한다는 뜻이에요. 또
그런 자신의 노력을 낮추어 이르는 말로 사용되고 있어요.

 이렇게 사용해

나라를 위해 **견마지로**를 다 했지만, 결국 버림받고 말았다.

 비슷한 말이 있어!

견마지심(犬馬之心), 견마지성(犬馬之誠),
견마지역(犬馬之役), 한마공로(汗馬功勞)

견원지간

犬	猿	之	間
개 견	원숭이 원	어조사 지	사이 간

5학년 도덕 5단원 갈등을 해결하는 지혜

무슨 뜻일까?

개와 원숭이 사이라는 뜻의 낱말이에요. 요사이는 사이좋은 개와 원숭이도 있지만, 옛날 사람들은 사이가 좋지 않다고 생각했나 봐요. 그래서인지 서로 사이가 좋지 않은 사람들을 견원지간이라고 불렀어요.

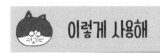

이렇게 사용해

평소에는 견원지간이라고 소문난 사이였지만 이번에는 어쩔 수 없이 힘을 합치게 되었다.

비슷한 말이 있어!

앙숙(怏宿), 견묘지간(犬猫之間),
불공대천(不共戴天), 빙탄지간(氷炭之間)

옛날 전라도 땅에 봉성이라는 곳이 있었는데, 살기 좋다고 소문난 곳이라 한 벼슬아치가 찾아갔지.

어느덧, 날이 저물어 산길 옆 외딴 집에 묵을 수 있는지 부탁하려는데,

주인 얼굴을 보니 조정에 있을 때 견원지간으로 지내던 사람이었어.

하지만 오래전 일이라 반갑게 이야기를 나누기 시작했어.

이야기를 나누다 결국 그 벼슬아치도 이웃에 같이 머물기로 하고 이후에 사이좋게 지냈다고 해.

이 이야기를 전해 들은 백제의 왕은 원수가 서로 예의를 찾은 곳이라는 뜻으로 '구차례'라는 땅이름을 지어 주었지. 그것이 지금의 구례가 되었다고 해.

傾	國	之	色
기울 경	나라 국	갈 지	빛 색

 무슨 뜻일까?

너무 아름다워 임금님이 정신을 차리지 못할 정도의 미인을 뜻해요. 정신을 제대로 차리지 못한 임금님이 다스리는 나라는 결국 기울어지고 말겠지요. 나라를 기울어지게 할 만큼 아름다운 미인을 뜻하는 표현이에요.

 이렇게 사용해

오나라의 부차는 월나라 구천이 보낸 경국지색의 미인 서시에 빠져 나라를 잃고 말았다.

 비슷한 말이 있어!

미녀(美女), 미인(美人), 절세가인(絶世佳人),
절세미인(絶世美人), 만고절색(萬古絶色)

경로효친

敬	老	孝	親
공경 경	늙을 로(노)	효도 효	친할 친

1-1 여름 1단원 우리는 가족입니다
2-1 여름 1단원 이런 집 저런 집
3학년 도덕 3단원 사랑이 가득한 우리집
6-1 실과 1단원 나와 가족

 무슨 뜻일까?

'친할 친' 자는 어버이나 친척을 뜻하는 말로도 사용돼요. 그래서 효친은 부모님께 효도하는 것을 뜻하고 경로는 나이 드신 분 즉 이웃 어른들을 공경하는 마음을 뜻해요. 결국 우리 주위의 모든 어른들을 공경하고 떠받드는 태도를 말해요.

 이렇게 사용해

어버이날을 맞아 구청에서는 어르신 큰잔치를 열어 경로효친 사상을 다시 한 번 일깨우는 계기를 만들었다.

 비슷한 말이 있어!

장유유서(長幼有序), 반포지효(反哺之孝)

에이, 재미있게 놀아 주시면서요.
물론 아빠 보다는 나이가 많으시지만

에고에고, 이제
큰아빠도 늙어서
너희들과 놀아 주기가
힘들구나.

큰아빠 나이는 조선 시대로
따지면 노인이란다.

조선 시대에는
50살이 넘으면
건설 부역에서
빼 주기도 하고,
부모 나이가 50이
되면, 자녀가 어려도
특별히 혼인을 허락
해 주었단다.

물론, 지금이야 50살을
아무도 노인이라고 말하지
않지만….

80이 되면 신분에
상관없이 벼슬을
주고 양로연을 베푸
는 등 경로효친 사상
이 뿌리내릴 수 있게
했단다.

어쨌든 큰아빠는 지금
나이로는 노인이 아니시니까
계속 놀아 주세요!

알았다, 알았어.
근데 좀만 더 쉬고.

경천동지

驚	天	動	地
놀랄 **경**	하늘 **천**	움직일 **동**	땅 **지**

 무슨 뜻일까?

하늘이 놀라고 땅이 움직인다는 뜻이에요. 즉 하늘이 놀라고 땅을 뒤흔들
만큼 세상을 몹시 놀랍게 하는 큰 일을 비유적으로 이르는 말이죠.

 이렇게 사용해

장마 속에 다시 한 번 **경천동지**할 소식이 전해졌다.

 비슷한 말이 있어!

진천감지(震天撼地), 진천동지(震天動地),
아연실색(啞然失色), 기절초풍(氣絶招風)

옛날부터 사람들은 새처럼 하늘을 나는 것에 관심이 많았어.

18세기 프랑스에 조제프 미셸 몽골피에라는 사업가가 있었어. 어릴 적에 낙하산을 만들어 지붕에서 뛰어내릴 만큼 하늘에 관심이 많았지.

어느 날 조제프는 불 위에서 빨래를 말리다 주머니가 부풀어 오르는 것을 보고 이거다 하고 생각했어.

그러곤 과학적 지식이 풍부한 동생의 도움을 받아 열기구를 만들기 시작해.

몇 년 후 몽골피에 형제는 거대한 종이와 베로 만든 열기구를 하늘에 띄우고, 한참을 하늘 높이 오르던 열기구는 근처 마을에 떨어졌어.

그것을 본 마을 사람들은 하늘에서 괴물이 내려왔다고 경천동지하여 낫, 괭이 등을 들고 덤벼들었대.

15

고장난명

孤	掌	難	鳴
외로울 고	손바닥 장	어려울 난	울 명

4-2 도덕 4단원 힘과 마음을 모아서

 무슨 뜻일까?

외로운 손바닥은 소리가 나지 않는다는 말이에요. 즉 박수를 치기 위해서는 두 손을 마주쳐야 한다는 뜻이지요. 혼자서는 어떤 일을 이룰 수 없다는 뜻으로 사용되고, 맞서는 사람이 없으면 싸움도 되지 않는다는 뜻으로 사용되기도 해요.

 이렇게 사용해

답답해서 얘기라도 하고 싶은데, 고장난명이라고 맞장구쳐 줄 강아지도 없다.

 비슷한 말이 있어!

독장난명(獨掌難鳴), 척장난명(隻掌難鳴)

16

공도동망

共	倒	同	亡
함께 공	넘어질 도	한가지 동	망할 망

5-2 사회 2단원 사회의 새로운 변화와 오늘날의 우리
6-2 도덕 6단원 함께 살아가는 지구촌

 **무슨 뜻일까?**

함께 넘어지고 함께 망한다는 뜻으로 운명을 같이함을 이르는 말이에요.

3.1 독립선언서에서 일본의 조선 침략은 동양은 물론 세계의 평화를 깨

친다는 내용에서 사용됐어요.

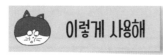 **이렇게 사용해**

우리는 결국 공도동망의 운명을 맞이하였다.

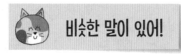 **비슷한 말이 있어!**

공존동생(共存同生)

공명정대

公	明	正	大
공평할 공	밝을 명	바를 정	큰 대

6-1 사회 1단원 우리나라의 정치 발전
6-2 도덕 4단원 공정한 생활

 무슨 뜻일까?

어떤 일을 하거나 결정할 때 감정이나 욕심 없이 공평하게 또 현명하고 바르게 그리고 떳떳한 자세를 갖추는 것을 말해요.

 이렇게 사용해

이번 결승전에는 공명정대하기로 소문난 심판이 주심을 보기로 결정하였다.

 비슷한 말이 있어!

공정(公正), 광명정대(光明正大),
공평무사(公平無私), 대공지평(大公至平)

공사다망

公	私	多	忙
공평할 공	사사로울 사	많을 다	바쁠 망

5-1 도덕 2단원 내 안의 소중한 친구

 무슨 뜻일까?

'공사'는 공공의 일과 사사로운 일 즉 개인적인 일을 아울러서 이르는 말이에요. 그래서 공사다망은 공적인 일과 개인적인 일이 모두 많아 무척 바쁘고 여유가 없다는 뜻이에요.

 이렇게 사용해

공사다망하신 가운데 참석해 주신 여러분께 감사드립니다.

 비슷한 말이 있어!

다사다망(多事多忙), 백망중(百忙中),
응접불가(應接不暇)

46

19 관포지교

管	鮑	之	交
대롱 관	절인어물 포	갈 지	사귈 교

3-1 도덕 1단원 나와 너, 우리 함께

 **무슨 뜻일까?**

관중과 포숙이라는 사람의 성을 따서 지은 고사성어예요. 관중과 포숙의 사귐이라는 뜻으로 어떤 상황에서도 서로를 믿고 의지하여 지내는 깊은 우정을 나타내는 말이죠.

 **이렇게 사용해**

관포지교라 말할 수 있는 친구를 가질 수 있는 것은 큰 행운이다.

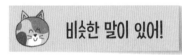 **비슷한 말이 있어!**

금란지계(金蘭之契), 문경지교(刎頸之交),
수어지교(水魚之交), 지란지교(芝蘭之交)

조선 시대 임진왜란 때,

수많은 사람들이 나서서 나라를 지켰는데, 우리가 잘 아는 이순신 장군은 특히 돋보이는 인물이었어.

낮은 벼슬에 있던 이순신을 추천한 사람은 어릴 적 친구이자 조선 시대 명재상인 유성룡이었어.

이순신은 유성룡의 믿음에 보답이라도 하듯, 남쪽 바다에서 단 한 번도 패하지 않았고,

유성룡은 이순신 장군께 보내는 편지를 통해, 이 나라를 위하여 몸을 살피라는 친구의 당부와 믿음을 보여 줘.

두 위인의 관포지교는 위기 중에 더욱 빛나는 모습을 보여 주었어.

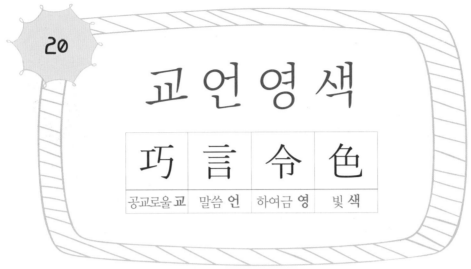

교 언 영 색

巧	言	令	色
공교로울 교	말씀 언	하여금 영	빛 색

4-1 도덕 3단원 아름다운 사람이 되는 길

 무슨 뜻일까?

공교하다는 뜻은 솜씨나 꾀 따위가 있고 교묘하다는 뜻이야. 그리고 예쁘다는 뜻을 지니기도 해. 그래서 다른 사람의 관심이나 호감을 사기 위해 말과 표정을 그럴듯하게 하는 것을 말해.

 이렇게 사용해

교언영색도 정도가 있지 저렇게 까지 하면서 자기 이익을 챙기고 싶은지 이해가 안된다.

 비슷한 말이 있어!

면종복배(面從腹背), 양두구육(羊頭狗肉),
표리부동(表裏不同)

새우튀김

계란후라이

연어 초밥

다들 비슷비슷하네.

그러게 말이야.

이 언니 대박인데?

왜?

연어 초밥

-지키지도 못할 공약으로 교언영색하지 않겠습니다.
-까불던 대로 까불고, 쉬는 시간마다 아이돌 춤 추며 놀겠습니다.
-급식 맛있는 걸로 달라고 떼 쓰겠습니다.

저런 진지한 얼굴에 공약이 좀…….

난 이 언니로 결정!

와~

멋진 것 같긴 한데 진짜로 이런 공약을 지킬까?

그러게.

히 히 히

교 학 상 장

教	學	相	長
가르칠 교	배울 학	서로 상	길 장

5-2 역사 단원 관련

 무슨 뜻일까?

가르치고 배우는 과정에서 스승과 제자가 모두 함께 성장한다는 뜻이에
요. 또, 다른 사람을 가르치거나 스승에게 배우는 것 모두 자신의 학업을
성장 시켜 준다는 뜻으로도 사용돼요.

 이렇게 사용해

그는 열정적인 학생들을 가르치면서 자신도 함께 성장하는 교학상장의
마음을 느꼈다.

 비슷한 말이 있어!

우효학반(惟斅學半), 효학반(斅學半)

捲	土	重	來
말 권	흙 토	거듭 중	올 래

권토중래

3-1 도덕 2단원 인내하며 최선을 다하는 생활

 **무슨 뜻일까?**

한 번 실패하였으나 좌절하지 않고 힘을 가다듬어 다시 시작하여 성공하는 것을 비유하는 말이지요. 흙먼지를 일으키며 다시 돌아온다는 뜻으로, 한나라 유방에게 패한 항우가 수치심에 목숨을 끊은 것을 안타까워하는 글에서 유래된 말이에요.

 **이렇게 사용해**

시험에 떨어진 그는 **권토중래**하여 이듬해 당당히 수석으로 합격하였다.

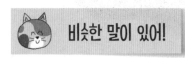 **비슷한 말이 있어!**

와신상담(臥薪嘗膽)

23 군신유의

君	臣	有	義
임금 군	신하 신	있을 유	의리 의

4-1 도덕 2단원 공손하고 다정하게
5-2 사회 1단원 옛사람들의 삶과 문화

 무슨 뜻일까?

유교에서는 사람이 지켜야 할 도리인 삼강오륜을 가르치는데, 군신유의는 그중 임금과 신하 사이의 도리를 뜻하는 고사성어예요. 임금과 신하 사이에 지켜야 하는 충성심과 예의가 있다는 뜻이죠.

 이렇게 사용해

임금과 신하의 관계는 부모와의 관계와는 달라서 둘 사이에 요구되는 마음가짐, 즉 군신유의가 성립되지 않으면 언제라도 깨어질 수 있는 관계이다.

 비슷한 말이 있어!

사신이례사군이충(使臣以禮事君以忠)

금과옥조

金	科	玉	條
쇠 금	과정 **과**	구슬 옥	곁가지 **조**

3-2 도덕 5단원 함께 지키는 행복한 세상
5-1 사회 2단원 인권 존중과 정의로운 사회
6-1 사회 1단원 우리나라의 정치 발전

 ### 무슨 뜻일까?

한자 '과'와 '조'는 법이나 조항이라는 뜻으로 자주 사용돼요. 그래서 금이나 옥같이 소중히 여기고 꼭 지켜야 할 법이나 규칙을 뜻해요.

 ### 이렇게 사용해

정직하게 살라는 말을 **금과옥조** 삼아서 살았더니 이렇게 좋은 상을 받게 되었다.

 ### 비슷한 말이 있어!

옥조(玉俎), 금과옥률(金科玉律)

금상첨화

錦	上	添	花
비단 금	위 상	더할 첨	꽃 화

 무슨 뜻일까?

비단 위에 꽃을 더한다는 뜻이에요. 아름다운 비단 위에 꽃을 더하였으니 얼마나 아름다울까요? 이처럼 좋은 일 위에 더 좋은 일이 더해지는 것을 비유적으로 이르는 말이에요.

 이렇게 사용해

엄청난 선물에 친구들까지 방문해 주니 금상첨화였다.

 반대되는 말이 있어!

설상가상(雪上加霜)

기사회생

起	死	回	生
일어날 기	죽을 사	돌아올 회	살 생

 무슨 뜻일까?

죽은 사람이 일어나 다시 살아난다는 뜻이에요. 공포 영화 느낌이 나는데, 그런 것이 아니라 죽을 뻔하다가 다시 살아난다는 뜻으로 엄청난 위기에 처했지만 가까스로 위기를 벗어나 상황이 나아졌을 때 사용하는 표현이에요.

 이렇게 사용해

끝까지 궁지에 몰렸던 그의 사업은 마지막이라는 생각으로 만들었던 제품이 큰 인기를 끌면서 기사회생했다.

 비슷한 말이 있어!

구사일생(九死一生), 백사일생(白死一生)

奇	想	天	外
기이할 **기**	생각 **상**	하늘 **천**	바깥 **외**

4학년 미술 상상화 단원 관련
6-2 발명과 로봇 단원 관련

 무슨 뜻일까?

기상은 좀처럼 짐작할 수 없고 별나다는 것을 말해요. 천외는 말 그대로 하늘의 바깥이라는 뜻이지만, 상상을 초월하는 경지라는 뜻으로도 사용되죠. 그래서 기상천외라는 표현은 보통 사람들은 쉽게 상상하거나 짐작할 수 없는 엉뚱하고 기발한 것을 뜻해요.

 이렇게 사용해

그의 발명은 기상천외한 것이 많았지만, 실용적이라고 볼 수 있는 것은 적었다.

 비슷한 말이 있어!

기상묘상(奇想妙想)

기세등등

氣	勢	騰	騰
기운 기	세력 세	오를 등	오를 등

 무슨 뜻일까?

기세는 기운이 뻗치는 모양이나 상태 혹은 남에게 영향을 끼치는 기운이나 태도를 말해요. 이러한 기세가 오를 대로 올랐으니 얼마나 높고 힘찬 모양이었을까요? 그래서 기세가 매우 높거나 힘찬 모양 혹은 남을 압도할만한 힘이 한껏 올라 있다는 뜻으로 사용해요.

 이렇게 사용해

기세등등하던 상대팀의 공격도 한 골을 놓치자 달라지기 시작했다.

 비슷한 말이 있어!

기고만장(氣高萬丈), 기염만장(氣焰萬丈),
의기양양(意氣揚揚)

고려는 북쪽에 자리잡은 몽골의 침입을 받게 되었어요.

그러자 수도를 강화도로 옮겨서 40여 년 동안 전쟁을 벌였어요.

그중 2차 침입 때는 서경(평양)과 개경에 이어 남경 (지금의 서울)까지 점령하며 기세등등하게 향했어요.

다행히도 바다에 약한 몽골은 강화도를 제대로 공격하지는 못했어요.

대신 남쪽을 공격하려다가 처인성 싸움에서 승려 김윤후가 쏜 활에 사령관 살리타이가 전사하는 바람에 퇴각하게 되고요.

김윤후는 그 뒤로도 계속 군인으로 공을 세우게 됩니다.

남녀노소

男	女	老	少
사내 **남**	여자 **녀**	늙을 **노**	젊을 **소**

 무슨 뜻일까?

남자와 여자 그리고 나이 든 사람과 어린 사람을 모두 아우르는 말이에
요. 결국 세상의 모든 사람을 말할 때 사용하는 표현이에요.

 이렇게 사용해

이 운동은 몸에 부담이 적어 **남녀노소** 누구가 즐기기 쉬운 운동이다.

 비슷한 말이 있어!

남녀노유(男女老幼)

남녀유별

男	女	有	別
사내 **남**	계집 **녀**	있을 **유**	다를 **별**

4-1 도덕 2단원 공손하고 다정하게
5-2 사회 1단원 옛사람들의 삶과 문화

 **무슨 뜻일까?**

유교를 숭상하던 조선 시대에 지켜야 할 덕목인 삼강오륜 중의 하나로 남녀 사이를 각자의 예로 구별한다는 뜻이에요. 세월이 흘러 지금 우리가 지켜야 할 덕목과는 어느 정도 차이가 있지요.

 **이렇게 사용해**

시대에 따라 남녀관계가 변함에 따라 남녀유별이라는 말의 해석도 조금씩 변하고 있다.

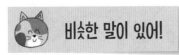 **비슷한 말이 있어!**

남녀부동이가(男女不同椸架)

70

內	憂	外	患
안 내	근심 우	바깥 외	환난 환

5-2 사회 2단원 사회의 새로운 변화와 오늘날의 우리

 **무슨 뜻일까?**

나라 안의 근심, 나라 밖의 환난이라는 뜻이에요. 환난은 근심과 재난을 통틀어 이르는 말이에요. 결국 나라 안과 밖에서 온갖 걱정거리가 밀려온다는 말이겠지요. 갑자기 내 앞에 걱정거리가 한가득 쌓이게 될 때 하는 말이에요.

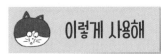 **이렇게 사용해**

가뭄과 홍수에 이어, 외적까지 침입하니 잇단 내우외환에 백성들은 견디기가 너무 힘들었다.

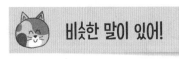 **비슷한 말이 있어!**

근우원려(近憂遠慮), 내우외란(內憂外亂)

72

대동소이

大	同	小	異
큰 대	한가지 동	작을 소	다를 이

 무슨 뜻일까?

크게 보면 한 가지이고 작은 부분만 다르다는 말이에요. 즉 큰 차이가 없이 거의 같다는 뜻으로 사용되고 있어요.

 이렇게 사용해

이번 시합은 두 선수의 실력이 대동소이해서 더 흥미진진할 것으로 예상된다.

 비슷한 말이 있어!

소이대동(小異大同), 오십보백보(五十步百步)

독서삼매

讀	書	三	昧
읽을 독	책 서	석 삼	어두울 매

3~6학년 국어 독서 단원 관련

 무슨 뜻일까?

삼매는 불교 용어로 잡념을 떠나서 오직 하나의 대상에만 정신을 집중하는 경지를 말해요. 그래서 독서삼매는 주위 환경에 영향을 받지 않고 책에만 정신을 집중해서 읽는다는 말이에요.

 이렇게 사용해

사실 가을은 독서삼매에 빠지기 힘든 계절이다. 책을 읽고 있기에는 날씨가 너무 좋다.

 비슷한 말이 있어!

독서삼도(讀書三到)

마부작침

磨	斧	作	針
갈 **마**	도끼 **부**	지을 **작**	바늘 **침**

3-1 도덕 2단원 인내하며 최선을 다하는 생활
4-1 과학 2단원 지층과 화석

 무슨 뜻일까?

듣기만 했을 때는 마차를 모는 마부의 이야기와 관련된 말로 들리지만, 실제 뜻은 전혀 다른 낱말이에요. 도끼를 갈아서 바늘을 만든다는 뜻이지요. 크고 단단한 쇳덩이를 갈아서 작은 바늘로 만드는 것처럼, 아무리 힘들고 어려운 일이라도 꾸준히 노력하면 이룰 수 있다는 뜻이랍니다.

 이렇게 사용해

우리에게 너무나 필요한 것은 끝까지 포기하지 않는 마부작침의 마음이야.

 비슷한 말이 있어!

마부위침(磨斧爲針), 우공이산(愚公移山),
철저성침(鐵杵成針)

35 명불허전

名	不	虛	傳
이름 **명**	아닐 **불**	빌 **허**	전할 **전**

가 학년 미술과 감상 단원 관련

 무슨 뜻일까?

이름은 헛되이 전해지는 법이 없다는 뜻이에요. 널리 이름이 알려져 있는 인물이나 물건 등을 보면 그럴 만한 까닭 혹은 능력이나 인품, 품질 등을 지니고 있다는 뜻이지요.

 이렇게 사용해

맛집으로 소문난 만둣집에서 직접 식사를 해 보니, 역시 **명불허전**이라는 생각이 들었다.

 비슷한 말이 있어!

명불허득(名不虛得)

目	不	忍	見
눈 목	아니 불	참을 인	볼 견

6-2 도덕 6단원 함께 살아가는 지구촌
6-2 사회 2단원 사회의 새로운 변화와 오늘날의 우리

 **무슨 뜻일까?**

눈으로 보고는 참을 수 없다는 뜻으로. 눈 뜨고 볼 수 없는 비참하고 슬픈 상황, 처참한 모습 등을 가리키는 말이에요.

 **이렇게 사용해**

전쟁을 피해 달아나는 사람들의 모습 사이에서 **목불인견**의 상황이 자주 일어났다.

 **비슷한 말이 있어!**

불인정시(不忍正視), 참불인견(慘不忍見)

文	房	四	友
글월 문	방 방	넉 사	벗 우

미술 3~6학년 서예, 한국화 단원 관련

 무슨 뜻일까?

문방은 원래는 책을 모아 두고 책을 읽거나 글을 쓰는 방을 의미했어요. 그러다 점점 문방에서 사용하는 도구들을 가리키게 되었죠. 이처럼 책을 읽거나 글을 쓰는 방에서 사용하던 붓, 벼루, 먹, 종이 네 가지를 문방사우라고 불렀어요.

 이렇게 사용해

옛날 선비들은 문방사우를 항상 가까이 두고 살았다.

 비슷한 말이 있어!

문방사보(文房四寶), 문방사후(文房四侯)

84

38	문일지십		
聞	一	知	十
들을 문	한 일	알 지	열 십

 무슨 뜻일까?

한 가지를 들으면 열을 안다는 뜻으로, 지식의 일부분만 듣고 나머지 원리를 깨달을 수 있다는 말이에요. 매우 총명하고 영특하다는 뜻으로 사용돼요.

 이렇게 사용해

그는 특히 영특해 문일지십이라는 말이 누구보다 잘 어울리는 학생이었다.

 비슷한 말이 있어!

거일반삼(擧一反三)

美	辭	麗	句
아름다울 **미**	말 **사**	고울 **려**	글귀 **구**

6-2 국어 2단원 관용표현을 활용해요

 무슨 뜻일까?

아름다운 말과 고운 글귀라는 뜻이에요. 좋은 뜻으로 보이지만 실제로는 내용보다는 지나치게 표현에만 집중한 그럴듯하게 꾸민 말이나 글을 가리키는 부정적인 의미로 많이 사용돼요.

 이렇게 사용해

좋은 글은 **미사여구**로 가득찬 글이 아니라 마음을 울릴 수 있는 글이다.

 비슷한 말이 있어!

기어(綺語), 미구(美句), 미문여구(美文麗句)

40	배은망덕			
	背	恩	忘	德
	배신할 배	은혜 은	잊을 망	덕 덕

5-1 도덕 1단원 바르고 떳떳하게

 무슨 뜻일까?

베풀어 준 은혜나 도움을 완전히 잊어버리고 은혜를 보답하기는커녕 해를 끼치는 경우에 사용하는 표현이에요.

 이렇게 사용해

배은망덕하게도 그가 성공하더니 도움을 주었던 우리를 모른 척하였다.

 비슷한 말이 있어!

과하탁교(過河拆橋), 조진궁장(鳥盡弓藏)

41

백절불요

百	折	不	撓
일백 **백**	꺾일 **절**	아닐 **불**	휠 **요**

3-1 도덕 2단원 인내하며 최선을 다하는 생활

 무슨 뜻일까?

백 번 꺾이더라도 휘어지지 않는다는 뜻이에요. 어떤 힘들고 어려운 상황을 겪더라도 절대 포기하거나 좌절하지 않는 불굴의 정신과 자세를 뜻하는 말이에요.

 이렇게 사용해

베토벤은 귀가 들리지 않는 절망적인 상황에서도 백절불요하며 음악을 포기하지 않았다.

 비슷한 말이 있어!

백절불굴(百折不屈), 백절불회(百折不回),
불요불굴(不撓不屈), 위무불굴(威武不屈)

너희가 우장춘 박사를 아니?

일본에서 조선인 아버지와 일본인 어머니 사이에서 태어났잖아.

나도 그분 알아!

데굴 데굴

벌떡

게다가 가족을 일본에 두고 와서 외로웠고, 가난과 싸우고, 한일 혼혈 출생이라는 편견과도 맞서야 했지.

훌쩍

그러나 그런 어려움에도 백절불요하여 나라를 위해, 우리의 먹을거리 품종 개량에 집중했어.

결과 우리가 태어난 거야!!

와 대단해!

不	撤	晝	夜
아니 불	거둘 철	낮 주	밤 야

3-1 도덕 2단원 인내하며 최선을 다하는 생활

 무슨 뜻일까?

밤에도 낮에도 하던 일을 거두지 않는다, 즉 멈추지 않는다는 뜻이에요.
어떤 일에 몰두하여 조금도 쉴 틈 없이 밤낮을 가리지 않는다는 표현으로
열정적으로 노력하는 모습을 나타낼 때 사용해요.

 이렇게 사용해

그 일을 마무리하기 위해 불철주야 노력하던 그는 누구도 예상하지 못한
멋진 마무리를 선보였다.

 비슷한 말이 있어!

야이계주(夜以繼晝), 주이계야(晝而繼夜),
주야장천(晝夜長川)

아빠 청산리 전투가 뭐에요?

1920년 10월 21일부터 26일까지 만주 일대에서 있었던 독립군와 일본군과의 전투를 말해.

누가 이겼어요?

물론 우리나라 독립군이 이겼단다.

사실 독립군은 일본군에 비해 병력과 무기 모든 면에서 열세라 항상 쫓겨 다니던 상황이었지만, 청산리에서는 지형과 정보를 이용해서 일본군을 크게 물리치지.

우와! 대단히 자랑스러워요!

끄덕 끄덕

그럼! 이 전투를 승리로 이끈 김좌진 장군도 꼭 기억해야 한단다. 평소에 불철주야 군대를 키우고 군자금과 무기 확보를 위해 엄청 노력하셨거든.

43

붕우유신

朋	友	有	信
벗 붕	벗 우	있을 유	믿을 신

3-1 도덕 1단원 나와 너, 우리 함께
5-2 사회 1단원 옛사람들의 삶과 문화

 **무슨 뜻일까?**

유교의 도리인 오륜의 하나로 친구과 친구 사이에는 믿음이 있어야 한다는 뜻이에요. 학교에서의 친구뿐만 아니라 어떠한 친구를 사귀든 친구 사이에는 믿음이 깔려 있어야 한다는 뜻이랍니다.

 이렇게 사용해

그는 입버릇처럼 붕우유신을 외쳤지만 아무도 그를 가까이 하려고 하는 이가 없었다.

 비슷한 말이 있어!

관포지교(管鮑之交)

96

44

사고무친

四	顧	無	親
넉 사	돌아볼 고	없을 무	친할 친

 무슨 뜻일까?

사방을 둘러보아도 친한 사람이 없다는 뜻이야. 친한 사람이 없다는 뜻이
무엇일까? 그것은 의지할 사람이 아무도 없다는 뜻으로 모든 일을 홀로
해결해 나가야 하는 신세를 이르는 말이야.

 이렇게 사용해

고향에 가도 사고무친이라 그는 돌아가지 않기로 결정했다.

 비슷한 말이 있어!

고립무원(孤立無援), 사고무인(四顧無人),
천애고아(天涯孤兒), 혈혈단신(孑孑單身)

三	人	成	虎
석 삼	사람 인	이룰 성	범 호

45

삼인성호

5-1 도덕 1단원 바르고 떳떳하게

 무슨 뜻일까?

갑자기 마을에 호랑이가 나타났다고 하면 믿을 수 있을까요? 그런데, 여러 사람이 입을 모아 호랑이가 나타났다고 하면, 믿을 수밖에 없을 거예요. 이처럼 거짓이라도 여러 사람이 말하면 그게 사실처럼 믿게 된다는 뜻이에요.

 이렇게 사용해

삼인성호라는 말이 이야기해 주듯이 잘못된 뉴스도 계속 듣게 되면 사실로 믿게 될 수 있다.

 비슷한 말이 있어!

삼인성시호(三人成市虎), 시유호(市有虎),
시호삼전(市虎三傳), 삼인언이성호(三人言而成虎)

相	扶	相	助
서로 **상**	도울 **부**	서로 **상**	도울 **조**

4-2 도덕 4단원 힘과 마음을 모아서
6학년 실과 가족과 가정일 단원 관련

 무슨 뜻일까?

상부는 서로 돕는다는 뜻이에요. 상조도 서로 돕는다는 뜻이지요. 결국 서로 서로 돕는다는 뜻이 되지요. 비슷한 처지나 상황에 놓인 사람이나 단체가 서로 협력하여 일을 추진해 나가는 것을 뜻하는 말이랍니다.

 이렇게 사용해

우리 조상의 **상부상조** 정신이 잘 드러나는 것에는 향약, 두레 등이 있었다.

 비슷한 말이 있어!

공생(共生), 상조(相助), 동심협력(同心協力),
환난상휼(患難相恤)

牽	先	垂	範
지킬 솔	먼저 선	드리울 수	법 범

솔 선 수 범

47

6-1 도덕 2단원 작은 손길이 모여 따뜻해지는 세상

 무슨 뜻일까?

솔선은 남보다 앞장서서 행동하는 것을 말해요. 수범은 몸소 다른 사람의 본보기가 되는 것을 말하지요. 그래서 남보다 앞장서서 규범을 지키고 행동하여 다른 사람의 모범이 되는 것을 말해요. 선생님의 훈화 말씀이나 표창장 등에서 흔히 들을 수 있는 말이죠.

 이렇게 사용해

'고학년이되니 솔선수범해야 한다'는 말을 너무 많이 듣는 것 같다.

 비슷한 말이 있어!

상탁하부정(上濁下不淨), 솔선궁행(牽先躬行)

오늘은 우리나라의 이종욱 선생님을 소개할까 합니다!

누구실까?

한국인으로서 처음으로 WHO 사무총장이 되셨습니다. 모름지기, 남다른 실천력을 지니신 'Man Of Action'이셨지요.

잘 모르지만 대단하시다.

세계 가난한 나라에 백신 보급을 위해 애쓰시며, 조금이라도 예산을 아껴 더 많은 나라에 도움을 주기 위해 해외 출장에도 좁은 비행기 좌석을 타고 다니시며 솔선수범을 보이셨습니다. 아쉽게도 과로로 일찍 세상을 떠나셨지요.

이야기만 들어도 뭉클해지네.

안 분 지 족

安	分	知	足
편안할 안	나눌 분	알 지	만족할 족

4-1 도덕 3단원 아름다운 사람이 되는 길

 무슨 뜻일까?

분수에 편안해하고 만족할 줄 안다는 뜻이에요. 자신의 경제적인 상황이나 주변 환경에 대해 비교를 하거나 불만을 가지지 않고 만족해하는 모습을 나타내는 말이지요.

 이렇게 사용해

주제에 넘게 욕심을 내는 것보다 안분지족하는 삶이 훨씬 행복할 수도 있다.

 비슷한 말이 있어!

안빈낙도(安貧樂道)

言	行	一	致
말씀 **언**	행할 **행**	한 **일**	이를 **치**

5-1 도덕 1단원 바르고 떳떳하게

 무슨 뜻일까?

말과 행동이 하나로 이어진다는 뜻이에요. 즉 말과 행동이 같다는 말이지요. 또 자신이 한 말을 그대로 실천한다는 뜻으로도 사용돼요.

 이렇게 사용해

예로부터 선비들에게 있어 언행일치는 당연한 도리였다.

 비슷한 말이 있어!

유언실행(有言實行), 지행일치(知行一致),
학행일치(學行一致)

50 외화내빈

外	華	內	貧
겉 외	화려할 화	속 내	가난할 빈

4 1도덕 3단원 아름다운 사람이 되는 길

 무슨 뜻일까?

겉은 화려하지만 속은 가난하다는 뜻이에요. 즉 겉으로 보기에는 무척 화려하고 좋아 보이지만 실속이 없고 내용은 부실한 것을 가리킬 때 사용하는 표현이에요.

 이렇게 사용해

식당에 오는 오는 손님은 늘었지만 이익이 남지 않는 **외화내빈**의 상황이 계속되었다.

 비슷한 말이 있어!

양두구육(羊頭狗肉), 내허외식(內虛外飾),
표리부동(表裏不同), 문과기실(文過其實)

110

우문현답

愚	問	賢	答
어리석을 **우**	물을 **문**	어질 **현**	대답할 **답**

 무슨 뜻일까?

이 말은 어리석은 질문에 현명한 대답이라는 뜻으로, 너무 수준이 낮거나 상황에 맞지 않는 질문 등에 적절하게 대답하는 경우에 많이 사용되고 있지요.

 이렇게 사용해

그 선수는 기자들의 무례한 질문에 현명하게 대답을 잘하여 **우문현답**의 달인이라는 별명이 있다.

 반대되는 말이 있어!

현문우답(賢問愚答), 우문우답(愚問愚答)

52 우이독경

牛	耳	讀	經
소 우	귀 이	읽을 독	경서 경

 무슨 뜻일까?

소 귀에 경 읽기라는 뜻이에요. 알아듣지도 못하는 소에게 아무리 좋은 이야기가 담긴 경전을 읽어 준다고 해도 무슨 소용이 있을까요? 아무리 가르쳐 주어도 알아듣지 못하거나 혹은 관심이 없거나 또 자신의 의견과 반대되어 들으려고 하지 않을 때 사용하는 말이에요.

 이렇게 사용해

그 친구는 자기 고집이 무척 세서 아무리 이야기를 해도 우이독경일세.

 비슷한 말이 있어!

대우탄금(對牛彈琴), 우이송경(牛耳誦經)

유언비어

流	言	蜚	語
흐를 류	말씀 언	날 비	말씀 어

5-2 도덕 4단원 밝고 긴전한 사이버 생활

 무슨 뜻일까?

유언은 흘러 다니는 말이라는 뜻이에요. 정확한 뜻으로 터무니없이 떠도는 소문이라는 뜻을 가지고 있어요. 비어라는 말 또한 근거 없이 떠도는 말이라는 의미를 가져요. 결국 이 고사성어의 뜻은 아무런 근거 없이 널리 퍼진 뜬소문을 말해요.

 이렇게 사용해

그렇게 쉽게 **유언비어**를 믿으니까 한심하다는 이야기를 듣는 것이다.

 비슷한 말이 있어!

낭설(浪說), 뜬소문, 부언낭설(浮言浪說),
부언유설(浮言流說)

隱	忍	自	重
숨을 은	참을 인	스스로 자	무거울 중

3-1 도덕 2단원 인내하며 최선을 다하는 생활

 무슨 뜻일까?

은인은 밖으로 드러내지 아니하고 마음속에 감추어 참고 견딘다는 뜻이에요. 자중은 말이나 행동, 몸가짐 등을 신중하게 한다는 뜻을 가지고 있어요. 은인자중은 자신이 하려는 일을 위해 중요한 때를 기다리며 감정이나 생각을 드러내지 않고 몸가짐을 신중히 하는 모습을 말해요.

 이렇게 사용해

그는 자신의 힘든 상황을 누구에게도 내색하지 않고 은인자중하며 일을 진행시켰다.

 비슷한 말이 있어!

각근(恪謹), 자중(自重), 자중자애(自重自愛)

118

진정한 전략가

여러분, 부채 들고
있는 제갈량 그림을
본 적있나요?

어느 드라마에서 본
것 같아요.

진정한 전략가

사마의도 들어 봤지요?
사마의는 죽은 제갈공명도
무서워 도망간 사람이라고
하지요.

VS

사마의는 제갈량과 자주
비교되는데, 그만큼 뛰어난
정치가, 전략가였어요.

제갈량의 북벌도 막아 냈고,
위무제(조조) 아래에서
은인자중하다가 결국에는
나라를 차지하는 최후의
승자가 사마의거든요.

그렇게 따지면 제갈량과
사마의, 누가 우위라고
하기 힘들겠네요.

泥	田	鬪	狗
진흙 **니**	밭 **전**	싸울 **투**	개 **구**

55

이전투구

5-2 도덕 5단원 갈등을 해결하는 지혜

 무슨 뜻일까?

진흙탕에서 싸우는 개라는 뜻이에요. 진흙탕에서 싸우는 개들의 모습이 어떨까요? 온몸에 진흙이 묻어 씻지 않고는 도저히 돌아다닐 수 없는 지저분한 모습일 거예요. 이처럼 이전투구는 명분도 없는 일 혹은 자신의 이익을 위해 비열하고 볼썽사납게 다투는 모습을 비유하는 말로 사용해요.

 이렇게 사용해

회의에서는 해결 방안을 찾지 못한 채 서로의 주장만 내세우는 이전투구가 이어졌다.

 비슷한 말이 있어!

와각지쟁(蝸角之爭)

120

56

이판사판

理	判	事	判
다스릴 리	쪼갤 판	일 사	다스릴 리

6-1 사회 1단원 옛사람들이 삶과 문화

 무슨 뜻일까?

조선 시대 사찰에는 경전 연구나 참선 등의 수행을 하는 이판승과 절을 운영하고 관리하는 사판승이 있었어요. 두 역할 모두 중요한 역할이었어요. 하지만 불교를 억압하던 조선 시대에 승려가 된다는 것은 스스로 천민이 되는 무척 힘든 선택이었답니다. 이런 부정적인 의미가 남아 문제를 헤쳐 나갈 뾰족한 방법이 없을 때 사용하는 말이 되었어요.

 이렇게 사용해

이판사판으로 덤비던 녀석들도 눈물을 훔치며 돌아갔다.

 비슷한 말이 있어!

사생결단(死生決斷)

122

人	面	獸	心
사람 인	낯 면	짐승 수	마음 심

5-1 도덕 1단원 바르고 떳떳하게

 **무슨 뜻일까?**

사람의 얼굴과 동물의 마음이라는 뜻으로 사람은 사람이되 마음이나 도리가 인간이 지켜야 할 기본적인 갖추지 못한 사람을 말해요. 은혜를 배신하거나 행동이 거칠거나 흉악한 사람을 칭하는 말이에요.

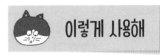 **이렇게 사용해**

온갖 범죄를 스스럼없이 저지른 그는 **인면수심**의 대표적인 인물이라 할 수 있어.

 **비슷한 말이 있어!**

의관금수(衣冠禽獸)

인 의 예 지

仁	義	禮	智
어질 인	옳을 의	예도 예	슬기 지

4-1 도덕 1단원 도덕 공부, 행복한 우리
4-1 도덕 2단원 공손하고 다정하게
5-2 사회 1단원 옛사람들의 삶과 문화

 무슨 뜻일까?

사람이라면 마땅히 갖추어야 하는 네 가지 성품을 말해요. 어질고, 의롭
고, 예의 바르고, 지혜로운 것을 뜻하지요. 믿음을 뜻하는 '신'을 포함하
여 인의예지신이라고 말하기도 해요.

 이렇게 사용해

성리학에서 주장하던 **인의예지** 사상은 지금도 우리 삶의 근본을 이루고
있어.

 비슷한 말이 있어!

사단(四端)

126

59 일구이언

一	口	二	言
한 일	입 구	두 이	말씀 언

5-1 도덕 1단원 바르고 떳떳하게

무슨 뜻일까?

한 입으로 두 말을 한다는 뜻이에요. 입은 하나지만 어떤 일에 대해 다른 말을 쏟아 내는 것을 비유적으로 표현한 말이지요. 어떤 일이나 상황에 대해 뚜렷한 자기의 생각 없이 이렇게 저렇게 말을 바꾸는 경우를 말해요.

이렇게 사용해

다른 사람들의 말에 휘둘려 자꾸 일구이언하면 자칫 신뢰를 잃기 쉽다.

비슷한 말이 있어!

일구양설(一口兩舌), 식언(食言), 두말, 딴소리

60

일사불란

一	絲	不	亂
한 **일**	실 **사**	아니 **불**	어지러울 **란**

4-2 도덕 4단원 힘과 마음을 모아서
6학년 실과 소프트웨어 단원 관련
5~6학년 실과 바느질 단원 관련

 무슨 뜻일까?

일사는 한 오라기의 실, 즉 한 가닥의 실도 어지럽지 않다는 뜻이에요. 수많은 실이 모여 천이나 옷이 되듯이, 많은 사람들이 모여 있어도 어수선하거나 의견 충돌 없이 조직적으로 움직이고 일의 체계와 순서가 잘 정돈되어 진행되는 모습을 비유적으로 표현한 말이에요.

 이렇게 사용해

제대로 줄을 서지 않으면 체육 수업을 시작하지 않겠다는 선생님의 말씀에 아이들이 갑자기 일사불란하게 움직였다.

 비슷한 말이 있어!

마수시첨(馬首是瞻), 질서정연(秩序整然)

一	瀉	千	里
한 일	쏟을 사	일천 천	마을 리

3-1 도덕 2단원 인내하며 최선을 다하는 생활

 **무슨 뜻일까?**

계곡 등에서 물을 한번 쏟아 내면 그 물이 천 리를 간다는 뜻이에요. 천 리는 약 400km로, 서울에서 부산까지의 거리와 비슷해요. 그만큼 일의 진행이 빠르거나 말이나 글이 거침없이 유창한 것을 비유한 표현이에요.

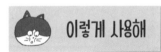 **이렇게 사용해**

나는 일이 너무 일사천리로 진행되니 자꾸 불안감을 느꼈다.

 **비슷한 말이 있어!**

구천직하(九天直下)

132

一	片	丹	心
한 일	조각 편	붉을 단	마음 심

 무슨 뜻일까?

한 조각의 붉은 마음이라는 뜻이에요 단심이 뜻하는 붉은 마음은 속에서 우러나오는 정성스러운 마음, 결코 변하지 않는 충성되고 참된 마음 등을 가리켜요. 일편단심도 단심과 거의 비슷한 뜻으로 사용되고 진심에서 우러나오는 변치 않은 마음과 같은 뜻으로 사용돼요

 이렇게 사용해

왕이 되기 전부터 일편단심 충성을 바친 그 신하는 훗날 재상이 되었다.

 비슷한 말이 있어!

단심(丹心), 정성(精誠), 진심(眞心)

63

자중지란

自	中	之	亂
스스로 **자**	가운데 **중**	어조사 **지**	어지러울 **난**

4-2 도덕 4단원 힘과 마음을 모아서

무슨 뜻일까?

자기편에서 일어난 싸움이나 혼란이라는 뜻으로, 주로 상대가 있어 단합해야 하는 무리 가운데서 의견이 모여지지 않고 혼란스럽거나 분열이 걱정되는 상황을 가리키는 말이에요.

이렇게 사용해

역사 속에서 보면 **자중지란**으로 멸망한 나라들의 예도 쉽게 찾아볼 수 있다.

비슷한 말이 있어!

소장지변(蕭牆之變), 소장지란(蕭牆之亂),
소장지우(蕭牆之憂), 변기소장(變起蕭牆)

자화자찬

自	畫	自	讚
스스로 자	그림 화	스스로 자	기릴 찬

4-1 도덕 3단원 아름다운 사람이 되는 길

 **무슨 뜻일까?**

자기가 그린 그림을 자기가 스스로 칭찬한다는 뜻으로 자기가 한 일에 대해서 자기 스스로 자랑하고 칭찬하는 것을 말해요.

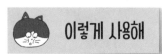 **이렇게 사용해**

지나친 자화자찬은 다른 사람의 눈살을 찌푸리게 한다.

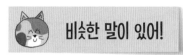 **비슷한 말이 있어!**

자찬(自讚), 자화찬(自畫讚)

적 재 적 소			
適	材	適	所
적당한 적	재목 재	적당한 적	바 소

3학년 과학 2단원 물질의 성질
6학년 실과 소프트웨어 단원 관련

재목은 가구나 건축물 등을 만드는 나무를 이야기해요. 용도에 맞는 나무를 골라서 사용하듯이 사람 즉 인재도 적당한 곳에 배치하여 사용해야 한다는 뜻으로 사용돼요.

우리 야구팀이 계속 승리할 수 있는 이유는 적재적소에 배치된 좋은 선수들 덕분이다.

적재적처(適才適處)

66	전 광 석 화			
	電	光	石	火
	번개 전	빛 광	돌 석	불 화

5-2 과학 3난원 날씨와 우리 생활

 무슨 뜻일까?

전광은 번개가 칠 때 번쩍이는 빛을 말해요. 석화는 돌이 서로 맞부딪치거나 돌과 쇠가 맞부딪칠 때 순간적으로 일어나는 불을 의미해요. 전광석화는 이처럼 아주 짧은 시간을 뜻해요. 혹은 그처럼 빠른 움직임을 의미하기도 해요.

 이렇게 사용해

며칠 동안 해결이 안 되던 숙제의 해결 방법이 전광석화처럼 떠올랐다.

 비슷한 말이 있어!

주마등(走馬燈), 전광조로(電光朝露),
탄지지간(彈指之間)

67

전대미문

前	代	未	聞
앞 전	시대 대	아닐 미	들을 문

6학년 실과 빌명과 로봇 단원 관련

 **무슨 뜻일까?**

이전 시대까지 들어 본 적이 없다는 뜻이에요. 여지껏 못 들어 본 이야기나 사건이라면, 그만큼 새롭고 충격적인 일이라는 뜻이겠죠?

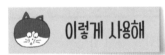 **이렇게 사용해**

아마추어 축구팀이 프로축구팀을 이기는 전대미문의 일이 일어났다.

 **비슷한 말이 있어!**

전인미답(前人未踏), 전무후무(前無後無),
미증유(未曾有)

144

全	心	全	力
온전 전	마음 심	온전 전	힘 력

3-1 도덕 2단원 인내하며 최선을 디히는 생활

 무슨 뜻일까?

온 마음과 온 힘이라는 뜻이에요. 온 마음과 온 힘을 다하는 건 어떤 모습일까요? 어떤 일인지는 알 수는 없지만, 몸과 마음을 집중하여 최고의 노력을 한다는 의미겠지요.

 이렇게 사용해

청군, 백군 모두 **전심전력**으로 줄을 당기기 시작했다.

 비슷한 말이 있어!

일심전력(一心專力), 전력투구(全力投球),
고굉지력(股肱之力)

146

크림 전쟁에서 '등불을 든 여인'으로 알려진 나이팅게일. 나이팅게일은 백의의 천사, 즉 간호사의 상징이야.

보급품과 의약품이 벌써 다 떨어졌네.

붕대함

그 당시 전쟁에서는 부상병을 위한 시설이 형편없었고, 보급품과 의약품도 마찬가지로 형편없었다고 해.

나이팅게일은 어려서부터 다친 동물도 전심전력을 다해 고쳐 주려고 했다지.

얼마나 아팠니? 내가 치료해 줄게.

전쟁 중에는 자신의 돈으로 병사들의 옷을 마련해 주고, 철저한 관리를 통해 야전병원을 개선하지. 그 결과 환자의 사망률이 뚝 떨어지고 빅토리아 여왕에게 훈장도 받아.

짝짝

전전반측

輾	轉	反	側
돌아누울 전	구를 전	뒤척일 반	기울 측

 무슨 뜻일까?

누워서 몸을 이리 뒤척이고 저리 뒤척이며 잠을 이루지 못하는 모습을 일 컫는 말이에요. 어떤 날은 생각이 많아서, 어떤 날은 고민이 많아서 잠을 설치는 날이 있는데, 그럴 때 사용하는 말이지요.

 이렇게 사용해

준비를 열심히 했지만 시험이 눈앞에 다가오자 밤새도록 전전반측이었다.

 비슷한 말이 있어!

전전불매(輾轉不寐), 통소불매(通宵不寐)

위대한 모험가 찰스 린드버그라는 분을 알고 있어?

당연하지. 최초로 대서양을 무착륙으로 비행한 비행사잖아.

맞아, 33시간 동안 잠도 못 자고 혼자 비행하는 것이 무척 힘들었다고 하더라고.

하루만 못 자도 힘든데, 생각하기도 싫다.

비행 전날에도 잘 해낼 수 있을까 하는 마음에 전전반측했다고 하더라고.

와~

와, 그럼 거의 이틀 동안 못 잤다는 거네?

맞아. 그래서 도착하자마자 일단 잠부터 잤다고 해.

쿵

ZZZ

꾸벅 꾸벅

대단하다! 졸기라도 했으면 바로 사고잖아.

70	점 입 가 경

漸	入	佳	境
점차 점	들 입	아름다울 가	지경 경

 무슨 뜻일까?

원래는 경치나 어떤 일의 상황이 시간이 지나갈수록 점점 더 재미있어진다는 뜻으로 사용되었어요. 그런데 요즘 들어서는 시간이 지나갈수록 하는 짓이나 겉모습 등이 차마 볼 수 없을 정도로 우습고 거슬리는 것을 의미해요.

 이렇게 사용해

★ 주왕산은 산을 오르면 오를수록 **점입가경**이 펼쳐졌다.
★ 둘 사이의 다툼이 점점 **점입가경**에 이르자 방관하던 사람들도 말리기 시작했다.

 비슷한 말이 있어!

자경(蔗境), 가경(佳境)

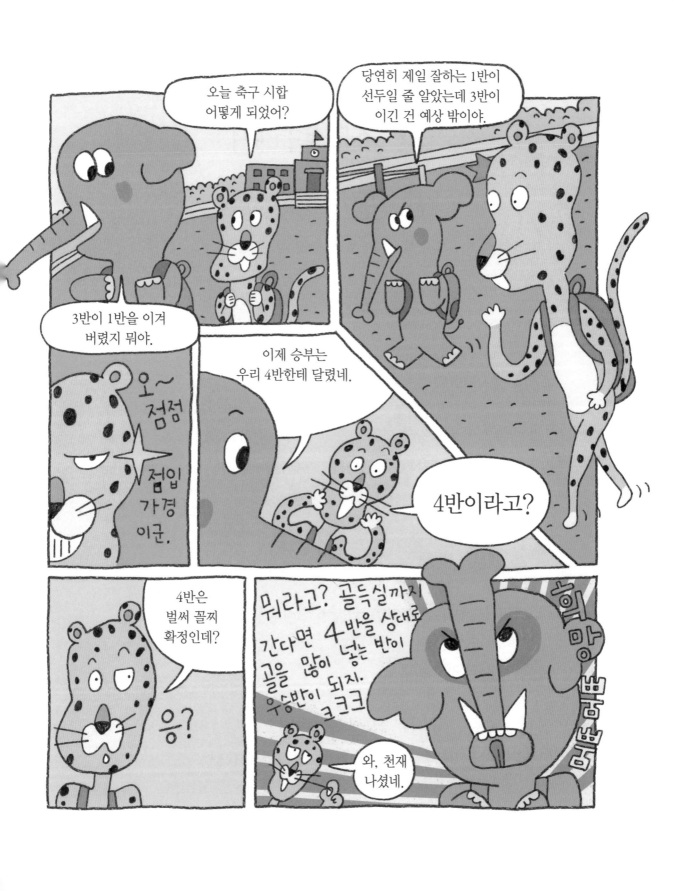

71 절차탁마

切	磋	琢	磨
끊을 **절**	갈 **차**	쪼을 **탁**	갈 **마**

3-1 도덕 2단원 인내하며 최선을 다하는 생활

 무슨 뜻일까?

옥돌을 칼로 자르고 갈고 망치로 쪼고 숫돌로 간다는 뜻이에요. 즉 옥돌을 더 아름답게 만든다는 뜻이겠지요. 옥돌을 다듬듯이 자신의 학문이나 마음, 기능, 기술 등을 열심히 닦는 것을 말해요.

 이렇게 사용해

시간이 부족하지만 **절차탁마**하면 좋은 결과을 얻을 것이다.

 비슷한 말이 있어!

연마(練磨), 절치부심(切齒腐心),
와신상담(臥薪嘗膽), 자강불식(自强不息)

152

72

절 체 절 명

絕	體	絕	命
끊을 절	끊을 체	끊을 절	목숨 명

5-1 실과 3단원 가정생활과 안전
5-2 사회 역사 관련 단원

 무슨 뜻일까?

몸이 끊어지고 목숨이 끊어질 지경이라는 뜻입니다. 좀 무시무시하게 보일 수도 있는데요. 몸과 목숨이 끊어질 만큼 이런저런 노력을 아무리 하여도 해결할 수 없는 절박한 상황에 놓인 것을 비유적으로 표현한 말이에요.

 이렇게 사용해

이제는 더 이상 해결할 방법이 없다고 생각한 절체절명의 순간 도움의 손길이 다가왔다.

 비슷한 말이 있어!

절체(絕體)

73

종횡무진

縱	橫	無	盡
세로 종	가로 횡	없을 무	다할 진

무슨 뜻일까?

종횡은 가로와 세로라는 뜻이야. 무진은 다함이 없다는 뜻으로 제한이나 한계가 없다는 뜻이에요. 이 두 말이 합쳐져서 활기차게 사방으로 거칠 것이 없이 자유롭게 활동하는 모습, 기운차게 여기저기에서 활약하는 모습 등을 말해요.

이렇게 사용해

관창은 다시 한번 힘을 내 백제군 사이를 종횡무진하며 전투에 임했지만 결국 사로잡히고 말았다.

비슷한 말이 있어!

종횡무애(縱橫無礙), 좌충우돌(左衝右突)

74

주경야독

晝	耕	夜	讀
낮 주	밭갈 경	밤 야	읽을 독

3-1 도덕 2단원 인내하며 최신을 다하는 생활

 무슨 뜻일까?

낮에는 농사짓고, 밤에는 글을 읽는다는 뜻이에요. 농사를 짓는 일은 무척 힘든 일이에요. 낮에 힘든 농사일을 마치고 쉬거나 자지도 못 한 채 공부하기란 쉽지 않은 일이지요. 어려운 상황 속에서 고생을 하면서도 공부를 포기하지 않는 모습을 일컫는 말이에요.

 이렇게 사용해

몇 년 동안의 **주경야독**은 그가 이루고자 하는 꿈을 이루게 해 주었다.

 비슷한 말이 있어!

청경우독(晴耕雨讀), 영설독서(映雪讀書),
형설지공(螢雪之功), 수불석권(手不釋卷)

走	馬	看	山
달릴 주	말 마	볼 간	뫼 산

 무슨 뜻일까?

말을 빠르게 달리려면 많은 연습이 필요하고 말에서 떨어지지 않게 신경을 써야 하지요. 이런 상황에서 주위의 산과 같은 경치를 제대로 볼 수는 없겠지요. 그래서 주마간산은 제대로 살펴볼 틈도 없이 대충대충 보고 지나침을 이르는 말이에요.

 이렇게 사용해

주마간산식으로 보면 쉬워 보이지만 이 일은 제대로 보면 그렇게 호락호락한 일이 아님을 알 수 있다.

 비슷한 말이 있어!

별견(瞥見), 별관(瞥觀)

靑	山	流	水
푸를 청	뫼 산	흐를 류(유)	물 수

2-1 국어 2단원 자신있게 말해요
6-1 국어 4단원 효과적으로 발표해요

 무슨 뜻일까?

푸른 산에 흐르는 물이라는 뜻이에요. 생각만 해도 시원해지는 느낌이지요? 옛날에는 자연 풍경을 묘사하는 말로 사용되기도 했지만 요즘에는 산속에 흐르는 계곡물처럼 시원하게 쏟아내는 유창한 말솜씨를 비유하는 말로 바뀌었답니다.

 이렇게 사용해

지훈이는 공부도 잘하는데 언변도 청산유수다.

 비슷한 말이 있어!

능변(能變), 달변(達辯), 현하지변(懸河之辯),
현하구변(懸河口辯)

千	辛	萬	苦
일천 천	매울 신	일만 만	쓸 고

 무슨 뜻일까?

말 그대로 해석하면 천 가지 매운 맛과 만 가지 쓴 맛이라는 뜻이지만, 천 만은 많은 수를 뜻하고, 신고는 어려운 일을 당하여 몹시 고생하는 것을 의미해요. 결국 천신만고는 엄청난 어려움과 힘든 상황을 말하지요.

 이렇게 사용해

그는 천신만고 끝에 발명품을 세상에 내보일 수 있게 되었다.

 비슷한 말이 있어!

천고만난(千苦萬難), 간난신고(艱難辛苦),
만고풍설(萬古風雪)

천 재 일 우

千	載	一	遇
일천 천	해 재	한 일	만날 우

5-2 역사 1단원 옛사람들의 삶과 문화

 무슨 뜻일까?

천 년에 한 번 만난다는 뜻이에요. 견우와 직녀도 일 년에 한 번은 만나는데 천 년에 한 번 만나는 것은 무엇일까요? 그만큼 좀처럼 만나기 힘든 매우 드문 기회를 말하는 것이에요. 천 년에 한 번 만날까 말까 하는 좋은 기회 말이에요.

 이렇게 사용해

천재일우의 기회를 놓친 그는 크게 절망하고 말았다.

 비슷한 말이 있어!

만세일기(萬歲一期), 천재일시(千載一時),
천재일회(千載一會), 천세일시(千歲一時)

이 유물들에는 재미있는 일화가 있단다.

어떤 일화인데요?

맘모

전곡리의 유적인 주먹도끼를 발견한 사람은 연인과 데이트 중이던 미군이었어.

정말요?

응!

연인과 강변에서 커피를 끓이려고 돌을 줍다가 발견했다네.

주먹토기

이리 와서 봐봐!

그런데, 그 돌이 유물인 것은 어떻게 알았대요?

주먹토기

그분이 학비를 벌기 위해 군에 입대하기 전에 고고학 전공자였는데, 우연과 행운이 겹쳐 천재일우의 기회가 온거지.

앞으로 저도 돌을 돌 같이 보지 않겠습니다!!

아이고~결론이 이상해.

고고학을 배워야 겠어요!

천 양 지 차

天	壤	之	差
하늘 **천**	땅 **양**	어조사 **지**	어긋날 **차**

3-1 과학 5단원 지구의 모습

 무슨 뜻일까?

천양은 하늘과 땅을 한 번에 아울러서 이르는 말이에요. 그래서 천양지차는 하늘과 땅 사이만큼의 엄청난 차이를 뜻하는 것이지요. 물건의 양이나 실력, 두 대상 간의 차이 등에서 사용돼요.

 이렇게 사용해

같은 옷임에도 불구하고 모델과 나의 옷 맵시는 천양지차였다.

 비슷한 말이 있어!

천양지별(天壤之別), 천양지간(天壤之間),
천양지판(天壤之判), 천지지차(天地之差)

168

80 청렴결백

清	廉	潔	白
맑을 청	청렴 렴	깨끗할 결	흰 백

5-1 도덕 1단원 바르고 떳떳하게

 무슨 뜻일까?

청렴은 성품과 행실이 높고 맑으며 지나친 욕심이 없다는 뜻이에요. 결백은 행동이나 마음씨가 깨끗하고 얌전하여 아무런 잘못이 없다는 뜻이에요. 그래서 청렴결백은 검소하고 맑은 인품을 뜻해요.

 이렇게 사용해

황금 보기를 돌같이 하라는 말씀을 최영 장군은 **청렴결백**하기로 이름난 분이었다.

 비슷한 말이 있어!

양수청풍(兩袖淸風)

오늘은 청백리를 뽑고자 하오.

清白吏

清白吏

전하께서 이처럼 청렴결백한 관리에게 영광스러운 칭호를 주시니 감읍할 따름입니다.

하여, 세 사람을 올리오니 전하께서 뽑아 주십시오.

이번엔 정형복에게 이 칭호를 주니, 그 가문에도 큰 영광이 될 것이다.

정심이

정형복은 훌륭한 인재를 등용하고 재물을 탐하지 않으며, 아랫사람들을 귀히 여기니 참으로 청백리에 걸맞나이다.

청백리상

조선 시대에는 200명이 넘는 청백리가 있었어요. 좋은 관리들을 칭찬해 주는 제도이지요.

81 초지일관

初	志	一	貫
처음 초	뜻 지	한 일	꿸 관

3-1 도덕 2단원 인내하며 최선을 다하는 생활

 무슨 뜻일까?

사람들은 누구나 어떤 일을 시작할 때 꼭 해내고 말겠다는 마음가짐을 가지고 시작해요. 하지만 시간이 지나면서 자연스럽게 그 마음이 흐트러지기 마련이지요. 그럴 때 필요한 말이지요. 초지일관은 처음 가진 뜻을 하나로 꿴다는 뜻으로 처음 품은 뜻을 끝까지 지켜 간다는 의미로 사용돼요.

 이렇게 사용해

포기하지 않고 드넓은 사막을 **초지일관** 탐색하여 마침내 화석을 발견하였다.

 비슷한 말이 있어!

수미일관(首尾一貫), 시종여일(始終如一)

172

촌철살인

寸	鐵	殺	人
마디 촌	쇠 철	죽일 살	사람 인

 무슨 뜻일까?

촌은 길이의 단위로 손가락 한 마디를 가리키는데 현재 단위로는 약 2cm 정도랍니다. 말 그대로의 뜻은 아주 작은 쇠붙이로 사람을 죽인다는 뜻이에요. 하지만, 촌철은 짧은 말을 뜻하는 비유적인 표현이에요. 그래서 짧고 간단한 말로 핵심을 찌르거나 다른 사람의 마음을 크게 움직일 때 사용한답니다.

 이렇게 사용해

'말 한마디로 천냥 빚을 갚는다'는 말도 있듯이 촌철살인과 같은 간단한 말로 문제를 쉽게 해결하기도 한다.

 비슷한 말이 있어!

설도(舌刀), 설봉(舌鋒)

측은지심

惻	隱	之	心
슬퍼할 측	가엾어할 은	의 지	마음 심

3-2 도덕 6단원 생명을 존중하는 우리
3-2 도덕 6단원 생명을 존중하는 우리
5-2 사회 1단원 옛사람들의 삶과 문화
6-1 도덕 2단원 작은 손길이 모여 따뜻해지는 세상

 무슨 뜻일까?

슬퍼하고 가엾어하는 마음이에요. 누구를 보고 슬퍼하고 가엾어하는 것일까요? 바로 불행한 일을 겪은 다른 사람들이겠지요. 이처럼 다른 사람의 불행을 불쌍해하고 가엾어하는 마음을 이르는 표현이에요.

 이렇게 사용해

버려진 동물을 보면 **측은지심**이 생기겠지만, 책임질 수 없다면 데려와서는 안 된단다.

 비슷한 말이 있어!

측심(惻心)

176

84 칠전팔기

七	顚	八	起
일곱 칠	넘어질 전	여덟 팔	일어날 기

3-1 도덕 2단원 인내하며 최선을 다하는 생활

 ### 무슨 뜻일까?

일곱 번 넘어져도 여덟 번 일어난다는 뜻이에요. 아무리 실패가 계속되어도 절대로 포기하지 않고 끝까지 도전하며 꾸준히 노력하는 모습을 비유적으로 표현한다는 뜻이지요.

 ### 이렇게 사용해

아무리 넘어져도 끝까지 일어나는 칠전팔기의 오뚝이 정신이 오늘날의 성공으로 이끌었다.

 ### 비슷한 말이 있어!

삼전사기(三顚四起), 불요불굴(不撓不屈),
백절불굴(百折不屈), 백절불요(百折不撓)

卓	上	空	論
높을 **탁**	위 **상**	빌 **공**	논할 **론**

4-1 국어 6단원 회의를 해요
5-2 국어 3단원 의견을 조정하며 토의해요

 **무슨 뜻일까?**

탁상 그러니까 책상 위의 빈 의견 나눔이라는 뜻이에요. 실제 현실에서는
실현이 불가능하지만 말로만 그럴듯한 의견이나 이론, 혹은 사전 조사가
부족하여 어설프고 치밀하지 못한 계획 등을 이르는 말이랍니다.

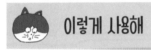 **이렇게 사용해**

현실성 없는 **탁상공론**으로 시작된 사업은 결국 엄청난 예산 낭비로 끝나
게 되었다.

 **비슷한 말이 있어!**

공리공론(空理空論), 묘두현령(猫頭懸鈴),
묘향현령(猫項懸鈴)

180

탐관오리

貪	官	汚	吏
탐할 **탐**	벼슬 **관**	더러울 **오**	벼슬아치 **리**

5-2 역사 단원 관련

 무슨 뜻일까?

탐관은 백성의 재물을 탐내어 빼앗는 관리를 말해요. 오리는 청렴하지 못한 벼슬아치 즉 관리를 말해요. 결국 탐관오리는 자신이 해야 할 일보다는 자신의 이익을 우선시하며, 백성들의 재물을 빼앗는 등 부정부패를 일삼는 사람을 말해요.

 이렇게 사용해

춘향전에 등장하는 변 사또는 우리나라 **탐관오리**의 대표격이라 할 수 있는 인물이다.

 비슷한 말이 있어!

모적(蝥賊)

팔방미인

八	方	美	人
여덟 **팔**	방향 **방**	아름다울 **미**	사람 **인**

 무슨 뜻일까?

팔방은 여덟 방향, 동서남북 네 방향과 그 사이의 동북, 동남, 서북, 서남을 포함하는 여덟 방향을 의미해요. 여러 방면 혹은 모든 방면을 뜻하지요. 미인은 외모가 예쁜 사람을 뜻하기도 하지만, 재주가 많은 사람을 말하기도 해요. 그래서 팔방미인에는 아름다운 사람이라는 뜻으로 사용되기도 하지만 주로 여러 방면에 재주가 많은 사람을 비유적으로 일컫는 말이에요.

 이렇게 사용해

그 가수는 노래뿐 아니라 작사, 작곡, 연기도 잘하는 팔방미인이다.

 비슷한 말이 있어!

다재다능(多才多能), 다재다예(多才多藝)

88	평지풍파		
平	地	風	波
평평할 평	땅 지	바람 풍	물결 파

 무슨 뜻일까?

평평한 땅에 바람과 물결을 일으킨다는 뜻이에요. 평온하던 땅에 바람이 몰아치고, 물결이 들이치면 당연히 평화가 깨지겠지요? 마찬가지로, 잘 진행되던 일을 일부러 어렵게 만들거나 평온한 자리에서 뜻밖의 다툼이 일어나는 것을 일컫는 말이에요.

 이렇게 사용해

조용하던 식사 자리에서 사소한 일로 인해 평지풍파가 일었다.

 비슷한 말이 있어!

평지기파란(平地起波瀾)

表	裏	不	同
겉 표	속 리	아닐 불	같을 동

5-1 도덕 1단원 바르고 떳떳하게

 무슨 뜻일까?

'겉과 속이 같지 않다', '안과 밖이 다르다' 등 겉에서 보여지는 모습만큼 진실되지 못하고 속으로 음흉한 생각을 지니거나 그렇게 행동하는 것을 말해요.

 이렇게 사용해

쟤는 선생님 계실 때만 착한 어린이인 척하는 **표리부동**한 아이다.

 비슷한 말이 있어!

교언영색(巧言令色), 구밀복검(口蜜腹劍),
양두구육(羊頭狗肉)

학 수 고 대

鶴	首	苦	待
학 학	머리 수	쓸(괴로울)고	기다릴 대

 무슨 뜻일까?

학은 목이 긴 새예요. 사람이 마치 학과 같이 머리를 길게 빼고 힘들게, 괴롭게 기다린다는 뜻이에요. 즉 온갖 고생을 하면서도 본인이 원하는 바가 이루어지기를 기다리고 기대하는 마음을 가리키는 표현이에요.

 이렇게 사용해

1945년 8월, 우리 민족은 학수고대하던 독립을 맞이했다.

 비슷한 말이 있어!

교망(翹望), 망예(望霓)

호시탐탐

虎	視	耽	耽
범 호	볼 시	노려볼 탐	노려볼 탐

 무슨 뜻일까?

호랑이의 눈으로 노려보고 있다는 뜻입니다. 호랑이가 눈을 부릅뜨고 쳐다보고 있는 것은 당연히 먹잇감 아니면 호랑이와 대적하는 어떤 것이겠지요. 즉 상대방을 공격하거나 남의 것을 빼앗기 위해 기회를 엿보는 모습을 뜻해요.

 이렇게 사용해

호시탐탐 기회를 엿보던 거북이는 드디어 어항 탈출에 성공했다.

 비슷한 말이 있어!

눈독

사슴 공원 쪽에 가 볼까?

별로.

인도코끼리

아니 왜?
사슴 먹이도 줘 보고
재미있을 것
같은데.

사슴이 선한 눈망울에
털도 부드러우니까
순해 보이지?

응,
그렇지!

지난번에 왔을 때,
내 주머니에 머리를
들이밀더라니까,
먹이를 호시탐탐
노리는 맹수였어.

웃어?
정말 무서웠다고!

살벌한데?
와~
하
하
하

호언장담

豪	言	壯	談
호걸 호	말씀 언	씩씩할 장	말씀 담

무슨 뜻일까?

호언과 장담은 모두 당당하고 씩씩하게 자신감 있는 태도로 말하는 모습을 말해요. 그래서 호언장담은 의기양양하여 자신 있게 말하는 모습이나 그 말을 뜻합니다. 또, 실속은 없으면서 겉으로만 허풍을 더는 경우를 가리키기도 한답니다.

이렇게 사용해

이번 경기에서 승리할 것이라 호언장담했지만 우리 팀은 대패하고 말았다.

반대되는 말이 있어!

호언장어(豪言壯語)

혼비백산

魂	飛	魄	散
넋 혼	날 비	넋 백	흩어질 산

 무슨 뜻일까?

혼이 날아가고 넋이 흩어진다는 뜻이에요. 혼백은 사람 몸에 깃들어 있는 넋이나 영혼 등을 의미해요. 그래서 육체 없이 혼백만 남은 것을 귀신, 유령이라고 하지요. 사람이 너무 크게 놀라거나 당황한 경우, 무서운 상황을 겪어 정신을 차리지 못 할 때 사용하는 말이에요.

 이렇게 사용해

갑작스러운 총소리에 사람들이 **혼비백산**하여 달아나기 시작했다.

 비슷한 말이 있어!

기절초풍(氣絕招風), 기함(氣陷),
낙담상혼(落膽喪魂), 혼불부신(魂不附身)

환골탈태

換	骨	奪	胎
바꿀 **환**	뼈 **골**	벗을 **탈**	태 **태**

 무슨 뜻일까?

본래는 뼈대를 바꾸고 태를 벗어나 바꾸어 쓴다는 뜻으로 과거의 글을 본떠서 더욱 아름답고 새로운 글을 만들어 내는 뜻으로 사용했어요. 요즘에는 용모, 태도 등이 완전히 달라지고, 이전보다 좋아진 것을 표현할 때 사용해요. 낡은 관습이나 제도 등이 바뀐 것에도 사용하기도 한답니다.

 이렇게 사용해

그 일이 있은 후 그는 과거의 나쁜 습관을 버리고 환골탈태하여 다른 사람으로 변해 버렸다.

 비슷한 말이 있어!

탈태환골(脫胎換骨)

황당무계

荒	唐	無	稽
거칠 **황**	황당할 **당**	없을 **무**	헤어질 **계**

 무슨 뜻일까?

황당하다는 말이나 행동 따위가 참되지 않고 터무니없다는 뜻이에요. 무계는 근거가 없다는 뜻으로 '사실무근'과 비슷한 뜻으로 사용되지요. 사람의 행동이나 말이 터무니없거나 참되지 않고 믿을 수 없을 때 써요.

 이렇게 사용해

과거에는 황당무계하게만 들렸던 그의 상상이 점점 현실이 되어 나타났다.

 비슷한 말이 있어!

황탄무계(荒誕無稽), 허무맹랑(虛無孟浪)

허례허식

虛	禮	虛	飾
빌 허	예도 례	빌 허	꾸밀 식

 무슨 뜻일까?

비어 있는 예와 비어 있는 식이라는 뜻이에요. 사람의 예절과 결혼식, 장례식과 같은 의식 행사는 정성과 실속이 있어야 하는데 그런 것 없이 겉만 번지르르하게 꾸며 놓은 것을 가리키는 말이에요.

 이렇게 사용해

가정의례법은 **허례허식**을 줄이고 절차를 간단히 해서 낭비를 줄이고자 만든 법이다.

 비슷한 말이 있어!

번문욕례(繁文縟禮), 번문욕절(繁文縟節)

202

후안무치

厚	顔	無	恥
두터울 후	얼굴 안	없을 무	부끄러울 치

5-1 도덕 1단원 바르고 떳떳하게

 무슨 뜻일까?

후안은 얼굴이 두껍다 즉 낯가죽이 두껍다는 뜻으로, 몹시 뻔뻔하다는 의미예요. 그래서 후안무치는 낯짝이 두꺼워 부끄러움이 없다는 뜻이지요. 버릇이 나쁘거나 예의가 없는 사람들이 무엇이 창피한 것인지도 잘 모르고 뻔뻔하게 굴 때 사용하는 말이에요.

 이렇게 사용해

다른 아이들이 수업을 듣지 못하게 시끄럽게 굴고도 무엇이 잘못인지 모르는 것은 정말 후안무치한 행동이다.

 비슷한 말이 있어!

몰염치(沒廉恥), 파렴치(破廉恥), 철면피(鐵面皮)

204

98

흑백논리

黑	白	論	理
검을 **흑**	흰 **백**	논할 **논**	다스릴 **리**

5-1 국어 5단원 글쓴이의 주장
5-2 국어 6단원 타당성을 생각하며 토론해요

 무슨 뜻일까?

흰색에 반대되는 색은 검은색이에요. 흰색에서 검은색 사이에는 다양한 종류의 색이 있어요. 그런데 어떤 문제를 흑과 백, 선과 악, 득과 실처럼 두 가지로만 구분해서 중립적인 것을 인정하지 않는 사람들이 있어요. 그러한 생각 방식이나 논리를 흑백논리라고 해요.

 이렇게 사용해

내 말이 맞으면 남의 말은 무조건 잘못됐다는 흑백논리는 문제가 있어.

 비슷한 말이 있어!

이분법(二分法)

興亡盛衰

興	亡	盛	衰
일어날 흥	망할 망	성할 성	쇠잔할 쇠

5-2 역사 단원 관련

 **무슨 뜻일까?**

흥망은 잘되어 일어남과 못 되어 없어진다는 뜻이에요. 성쇠는 성하고 쇠
퇴한다는 뜻인데, 성하다는 것은 기운이나 세력이 한창 왕성하거나 일어
나는 것을 뜻해요. 결국 흥망성쇠라는 어떤 나라 혹은 기업 등이 크게 일
어났다가 망하는 것이 계속 반복되고 순환한다는 뜻이에요.

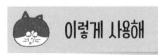 **이렇게 사용해**

한때 전 세계를 주름잡던 합스브르크가의 **흥망성쇠**를 엿볼 수 있는 전시
회였다.

 **비슷한 말이 있어!**

영고성쇠(榮枯盛衰)

희로애락

喜	怒	哀	樂
기쁠 희	성낼 노(로)	슬플 애	즐거울 락

 무슨 뜻일까?

한자 그대로 풀어 보면 기쁨, 노여움, 슬픔, 즐거움이라는 말이에요. 이렇게 네 가지 감정뿐만 아니라 사람이 느끼는 감정을 한꺼번에 말할 때 희로애락이라고 표현해요. 또, 얼마간의 시간 혹은 오랜 시간 벌어진 다양한 일들을 통틀어 말할 때 사용해요. 사람은 많은 일을 겪다 보면 다양한 감정을 느끼니까요.

 이렇게 사용해

영철이는 얼굴에 희로애락이 너무 잘 드러나 종종 손해를 보곤 했다.

 비슷한 말이 있어!

감고(甘苦), 희비(喜悲), 희비애락(喜悲哀樂)

찾아보기

5학년 2학기

6학년 1학기

6학년 2학기

문해력 점프 1

시즌2!
이해력이 쑥쑥
교과서
고사성어 사자성어
100

초판 1쇄 인쇄 2023년 11월 20일
초판 1쇄 발행 2023년 11월 23일

글쓴이 김성준
그린이 윤유리
펴낸이 김옥희
펴낸곳 아주좋은날
편집 이지수
마케팅 양창우, 김혜경

출판등록 2004년 8월 5일 제16-3393호
주소 서울시 강남구 테헤란로 201, 501호
전화 (02) 557-2031
팩스 (02) 557-2032
홈페이지 www.appletreetales.com
블로그 http://blog.naver.com/appletales
페이스북 https://www.facebook.com/appletales
트위터 https://twitter.com/appletales1
인스타그램 @appletreetales
          @애플트리태일즈

ISBN 979-11-92058-30-6 (64810)
ISBN 979-11-92058-29-0 (세트)

아주좋은날 은 애플트리태일즈의 실용·아동 전문 브랜드입니다.

어린이제품 안전특별법에 의한 기타 표시사항
품명 : 도서 | **제조 연월** : 2023년 11월 | **제조자명** : 애플트리태일즈 | **제조국** : 대한민국
사용연령 : 8세 이상 | **주소** : 서울시 강남구 테헤란로 201, 5층(02-557-2031)